Voyageur
malgré lui

COLLECTION
PAPILLON

Voyageur
Malgré lui

roman

Marie-Andrée Boucher-Mativat

ÉDITIONS PIERRE TISSEYRE

5757, rue Cypihot — Saint-Laurent (Québec), H4S 1R3

Les éditions Pierre Tisseyre remercient le Conseil des Arts du Canada du soutien accordé à son programme d'édition dans le cadre du programme des subventions globales aux éditeurs ainsi que la SODEC et le ministère du Patrimoine du Canada.

http//ed.tisseyre.qc.ca
E. mail: info@éd..tisseyre.qc.ca

Données de catalogage avant publication (Canada)

Mativat, Marie-Andrée

Voyageur malgré lui: roman

(Collection Papillon; 50).
Pour les jeunes.

ISBN 2-89051-621-0

I. Titre. II. Collection: Collection Papillon (Éditions Pierre Tisseyre) ; 50.

PS8576.A8288V69 1996 jC843' .54 C96-940746-7
PS9576.A8288V69 1996
PZ23.M37Vo 1996

Dépôt légal: 3e trimestre 1996
Bibliothèque nationale du Canada
Bibliothèque nationale du Québec

Illustration de la couverture
et illustrations intérieures:
Caroline Merola

À Serge Wilson

1

Kami

— **B**on... Tout y est! Je crois que je n'ai rien oublié. Je suis prêt pour le grand départ. Demain soir, je dormirai chez mes grands-parents.

— Allons Kami, ne fais pas cette tête-là! Je suis sûr que tu vas te plaire à l'Île-Blanche. Tu vas voir, nous allons passer une semaine inoubliable!

Kami plonge en bas de mon lit et s'allonge sur mon sac à dos.

Kami, c'est mon chat. Le plus malin de tous les félins! Il connaît des tas de trucs. Il peut sauter dans un cerceau. Rapporter les balles. Et, avec sa manie de grimper sur mon bureau quand je fais mes travaux scolaires, je parierais qu'il en sait autant que moi en français et en mathématiques!

Dès que je m'installe à ma table de travail, il accourt. Il s'étale de tout son long sur mes feuilles et se chauffe sous ma lampe. Si j'écris, il tend la patte pour s'emparer de mon stylo. Si j'ouvre un livre, il y fourre son museau.

C'est grâce à cette vieille sorcière de Carmen Chaput que j'ai fait la connaissance de Kami.

C'était l'été dernier. Mes parents, Claude et Manon étaient allés faire des courses. Moi, je rêvassais à la fenêtre.

Il faisait une chaleur à crever! Dans les jardins, sur les patios, les voisins soupiraient après la pluie. Seule Carmen Chaput s'agitait autour de ses plantes.

Cette chipie habite le 3085, rue des Tilleuls. Nous habitons le 3085, .

rue des Acacias. Nos maisons se tournent le dos. Les deux terrains sont délimités par une clôture mitoyenne. Quelques planches... Quelques piquets de cèdre... Voilà tout ce que nos jardins ont en commun.

Chez nous, les fleurs poussent où bon leur semble ce qui nous donne un jardin fou où les rosiers côtoient les marguerites des champs.

De l'autre côté de la clôture, la cour de la vieille toupie ressemble à la réclame publicitaire d'un paysagiste. Les arbres, fleurs et arbustes y ont été plantés selon un plan précis. Les allées sont désherbées, les plates-bandes sarclées, les massifs taillés. Pas une feuille ne retrousse le nez!

Dans un coin, une fontaine cascade au milieu d'un bassin tapissé de nénuphars. Tout autour, poussent des lys et des iris au pied desquels de ridicules grenouilles en ciment se dorent la bedaine au soleil!

Chaque matin, Carmen Chaput fait l'inspection de son domaine. Armée de coton-tiges, elle déloge les pucerons et autres insectes qui se sont glissés entre les pétales de ses

9

fleurs. Plus maniaque que ça, tu meurs!

Évidemment, dans ce carré de verdure, il n'y a aucune place pour les enfants. Encore moins pour les chats! Mais Kami l'ignorait.

Attiré sans doute par l'eau fraîche du bassin, il s'est faufilé en terrain défendu.

Il était maigre à faire peur! Sur sa poitrine, une tache blanche en forme de cœur contrastait avec son pelage roux.

À pas lents, Kami a remonté l'allée centrale. Visiblement, il était prêt à tout pour apaiser sa soif! J'admirais sa témérité.

— Toi, mon vieux, tu n'as pas froid aux yeux! Un vrai kamikaze!

Son nom était trouvé. Kamikaze. Kami, pour les amis.

Poursuivant son chemin, Kami a louvoyé entre les massifs pour atteindre finalement la fontaine. Il buvait tranquillement quand un gros matou, surgi d'on ne sait où, l'a traîtreusement attaqué par derrière. Poussant des cris terrifiants, les deux combattants ont roulé sur le dos, fauchant du coup quelques lys d'un jour!

La vieille chouette est accourue au pas de charge en claquant dans ses mains. Elle hurlait:

— Monstres! Mes hémérocalles! Vous avez cassé mes hémérocalles!

Le gros matou a détalé vite fait. Kami, lui, est resté figé sur place pendant quelques secondes.

Notre chère voisine en a profité pour attraper l'arrosoir posé dans l'allée et lui en lancer le contenu à la tête.

Kamikaze a échappé de justesse à la douche en sautant sur la clôture. Un autre bond et il était hors de portée, à l'abri dans notre vieux pommier.

De l'autre côté de la clôture, Carmen Chaput continuait à vociférer ses injures:

— Sale bête! Démon! Que je ne te reprenne jamais dans mon jardin, sinon...

Je ne sais quelle mouche m'a piqué, mais j'ai bondi sur la terrasse et je me suis précipité vers Kamikaze en lançant:

— Sinon, quoi?!?!

Carmen Chaput a sursauté.

— Si vous touchez un poil de cette bête, j'appelle la S.P.C.A.! D'ailleurs, je vous défends d'insulter MON chat!

— Sale môme! a sifflé la mégère en tournant les talons. Vous faites une belle paire toi et ton sac à puces.

C'est ainsi que Kami est entré dans ma vie. Il restait maintenant à le faire admettre dans la maison.

Et ça, c'était loin d'être gagné! Manon a toujours refusé de s'encombrer d'une bête. Chat, chien ou cheval, répète-t-elle à qui veut l'entendre, ce sont tous des animaux à chagrin. Un jour ou l'autre, ils meurent ou ils disparaissent et ça vous crève le cœur.

En rentrant, Claude a découvert la présence de Kami dans la cuisine.

— Qui c'est, celui-là? a-t-il demandé en déposant un sac de provisions sur le comptoir.

— Ben... C'est Kamikaze... Mon chat.

Mon père a coulé un regard interrogateur en direction de ma mère.

Manon a levé les yeux au ciel:

— Qu'as-tu encore inventé?

J'ai tout raconté. Enfin, presque... Disons que je ne me suis pas vanté d'avoir menacé la voisine.

Manon a hoché la tête.

— Une fois de plus, tu as raté une belle occasion de réfléchir avant d'agir, a-t-elle commencé. Tu sais pourtant que je suis contre le fait d'adopter un animal.

Ça n'annonçait rien de bon. Heureusement, Claude a pris mon parti:

— Écoute, Manon, ce n'est pas comme si Philippe demandait un pitt bull. Un chat, c'est indépendant et ça ne prend pas de place.

Ma mère a enchaîné:

— Chose certaine, il n'est pas question de laisser un chat errant s'introduire dans la maison! Ça non! D'ailleurs, cette bête est probablement couverte de puces!

Rien que d'y penser, maman en avait des démangeaisons! Décidément, tout le monde semblait en faire une obsession!

Le reste de la journée, Kami a été au centre de toutes les discussions. Partirait-il? Resterait-il? Oui... Non... Non... Oui... Noui...

Finalement, c'est Claude qui a tranché:

— Emmenons-le chez le vétérinaire. Nous verrons bien ce qu'il en dira. Ensuite, nous prendrons une décision.

Le médecin a été formel! À part un problème de sous-alimentation, rien ne semblait faire obstacle à l'adoption de Kamikaze. De plus, par miracle, aucune puce n'avait élu domicile dans son pelage. Manon pouvait donc arrêter de se gratter.

Nous sommes remontés en voiture. Durant tout le trajet, Kami n'a fait aucune histoire. À l'aller comme au retour, il est allé ronronner sur la plage arrière de l'auto.

Arrivé à la maison, Manon lui a ouvert la porte. Il a hésité un instant sur le seuil, puis il a filé directement vers ma chambre. Là, il a sauté sur mon lit et s'y est allongé. Depuis, Kamikaze et moi, nous sommes inséparables!

2

L'Île-Blanche

J'ai hâte d'arriver à l'Île-Blanche! Je n'y suis encore jamais allé. Pauline et Antoine s'y sont installés le printemps dernier.

J'adore mes grands-parents! Surtout mon grand-père. Il a toujours une histoire passionnante à raconter. Antoine est un ancien pilote d'avion. Il a voyagé partout à travers le monde. À sa retraite, grand-père a eu envie de poser ses valises dans un endroit calme et c'est comme ça que grand-mère et lui sont venus habiter dans l'Île.

Il y ont acheté une maison ancienne. Un presbytère. C'est là que logeait le curé de l'Île, autrefois. Quand le traversier nous a déposés sur le quai, j'ai eu un choc! Cet endroit me donne la chair de poule!

Ah! pour être calme, c'est calme! Quelques moutons. Un phare abandonné. Une trentaine de maisons multicolores éparpillées le long d'un chemin de terre. Une petite école en bardeaux noircis, comme on en voit sur les vieilles photos. Une église de bois blanc. Le presbytère. Et rien d'autre à l'horizon que le fleuve. Le fleuve si large qu'on dirait la mer!

La nouvelle maison de mes grands-parents est super! Immense! Avec un grand hall d'entrée. Une vaste salle à manger. Une cuisine. Deux salons. Cinq chambres. Et surtout, un grenier.

Un grenier! Le rêve! Il doit sûrement contenir un bric-à-brac extra-ordinaire. Dès demain, je monte là-haut!

Pauline et Antoine sont rayonnants!

— Nous sommes si contents de vous voir! Allez vite défaire vos valises. Ensuite, nous souperons, puis nous irons admirer le coucher de soleil.

— Nulle part au monde, renchérit Antoine, je n'en ai vu de plus beaux!

Je ne demande pas mieux que de le croire!

— Ton chat ne m'a pas l'air dans son assiette, me fait remarquer Pauline, en mc servant ma soupe.

C'est vrai que, depuis notre arrivée, Kamikaze a un comportement bizarre. Tantôt il regarde fixement dans les airs et il bondit comme s'il tentait d'attraper une proie invisible, tantôt, il se met à courir à travers la maison, sans raison apparente.

— On jurerait qu'il a des visions, ajoute encore grand-mère.

Antoine esquisse un petit sourire:

— Ce sont sans doute les mauvais esprits du presbytère qui lui font des misères.

Je n'en crois pas mes oreilles!

— Des mauvais esprits! Ici? Tu me fais marcher!

— Pas du tout! réplique Antoine. Pendant des années, bien des gens y ont cru dur comme fer!

— Ainsi, il existe une légende rattachée à cette maison? demande Claude qui se passionne pour les contes et légendes.

— En effet, reprend Antoine, il y a très longtemps, probablement à la suite d'un naufrage, un insulaire aurait trouvé un livre étrange sur la grève. Fasciné par son format imposant et sa reliure unique, l'homme aurait traîné l'ouvrage jusqu'à la maison afin de l'examiner attentivement.

Aussitôt, une série de malheurs se seraient abattus sur son foyer. Son fils serait mort subitement. Sa femme aurait été victime d'un grave accident. Ses moutons auraient été emportés par un mal mystérieux tandis que sa bergerie disparaissait dans les flammes.

L'homme aurait tenté, par divers moyens, de détruire le volume. En vain. Désespéré, il l'aurait apporté ici, au presbytère, convaincu que tant que ce livre maudit serait entre les mains du curé, les forces maléfiques ne pourraient rien contre les habitants de l'Île.

Décidément, Antoine est un sacré conteur! À lui seul ce récit vaut le voyage.

— Et alors?

Pauline me sourit:

— Rien. La vie a continué comme avant. Au fil des années, des familles entières ont déserté l'Île pour trouver du travail ailleurs. L'école a fermé. L'église aussi. Le curé a quitté le presbytère.

— Qu'est-il advenu du livre? demande Manon au moment où Kami s'élance dans une folle cavalcade autour de la table.

Antoine prend la relève de grand-mère:

— Personne ne le sait. Avec le départ du curé, certains vieux se sont mis à redouter le pire. La malédiction du grimoire allait-elle s'abattre à nouveau sur l'Île?

— Pendant des années, cette maison est donc restée inhabitée. Personne n'était intéressé à faire l'acquisition d'une propriété qui avait si mauvaise réputation. Mais, quand nous l'avons vue, Antoine et moi, nous avons eu le coup de foudre et nous n'avons pas hésité une seconde à l'acheter.

Une question me brûle les lèvres:

— C'est quoi, un grimoire?

— Un grimoire ou un Agrippa, c'est un livre de magie, de sorcellerie. Il contient des formules mystérieuses qui te permettent d'acquérir des connaissances, de réaliser tes désirs les plus chers ou de faire fortune.

— Wow!

— On prétend que ces livres étaient signés de la main même du diable! laisse tomber Antoine d'une voix caverneuse.

Tout le monde éclate de rire.

— C'est un peu comme Le Petit Albert...

Les regards se tournent vers Claude.

— Vous n'en avez jamais entendu parler?

— Tu sais, plaisante Manon, moi, à part Le Petit Robert...

Chacun s'esclaffe au bon mot de ma mère.

— Dans les campagnes, au début du siècle, enchaîne papa, de nombreuses familles possédaient un exemplaire du *Petit Albert*. Ce livre était distribué par des marchands ambulants qui le vendaient en cachette. On y trouvait un ramassis de superstitions allant de la recette de philtre d'amour à la formule pour gagner au jeu en passant par l'interprétation des rêves.

— Si je comprends bien, ce n'est pas d'hier que les astrologues et autres charlatans existent!

— Tu as tout compris, mon bonhomme.

— Le soleil commence à descendre à l'horizon, annonce grand-mère. Vite, suivez-moi!

Quel dommage d'interrompre une si captivante conversation! Je quitte la table à regret. Kamikaze me suit mais, à tout instant, il se retourne, comme si un ennemi quelconque était à ses trousses.

Sur l'imposante galerie qui ceinture la maison, des fauteuils sont alignés. Chacun choisit le sien. Le spectacle peut commencer.

Dans ma tête, une question prend toute la place:

— Dites-moi, le grimoire, vous l'avez retrouvé?

— Eh non, laisse tomber Antoine.

Manon lève les yeux au ciel:

— Enfin, Philippe, tu ne vas pas croire ces histoires!

— Pour qui me prends-tu? Il faudrait être bien naïf pour avaler toutes ces salades.

N'empêche... J'aurais bien aimé relancer la discussion. C'est si rare qu'il se raconte quelque chose d'intéressant durant un repas de famille!

Le soleil plonge derrière la ligne d'horizon. Dans le ciel, de grands voiles mauves, roses et violets flottent mollement au gré du vent. Les derniers rayons du jour déroulent au-dessus des flots un large ruban argenté et jettent sur le fleuve un pont de lumière.

Kamikaze monte se percher sur mon épaule. Il glisse son museau dans mon cou puis se met à ronronner.

La nuit est tombée tout à fait. Sur la galerie, le dialogue a pris le ton de la confidence. Je flatte doucement Kami en espérant qu'on m'oublie.

Hélas! Manon se rend compte que, malgré l'heure tardive, je suis encore debout. Je proteste énergiquement. Rien à faire, ma mère m'oblige à monter dans ma chambre.

— De toute façon, annonce grand-mère, nous ne tarderons pas à aller nous coucher, nous aussi. Demain, nous avons une journée chargée. En effet, si l'Île est réputée pour la laine de ses moutons, elle est surtout connue pour son papier de fabrication artisanale. Un papier dont on fait des livres exceptionnels! Après le petit déjeuner, je vous emmènerai visiter le musée de l'histoire du livre. Tu as intérêt à être reposé, Philippe. Tu verras, ce sera très éducatif...

Je ne peux m'empêcher de pousser un long soupir. Je déteste les sorties «éducatives».

Manque de chance, grand-mère a remarqué mon agacement:

— Tu sais, Philippe, les livres n'ont pas toujours ressemblé à ce que tu connais... Tu pourrais bien faire des découvertes surprenantes.

Je n'ai vraiment pas sommeil! Je m'accoude donc à la fenêtre tandis que Kami court en tous sens dans la pièce. Au bout d'un moment, mes parents montent à leur tour. Doucement, la maison s'assoupit.

Depuis, les minutes s'étirent. Des minutes qui me semblent des siècles! Peu à peu, un projet germe dans ma tête. Après tout, à quoi bon remettre à demain ce que je peux faire aujourd'hui? C'est décidé, j'y vais!

Machinalement, j'attrape ma lampe de poche et quitte ma chambre sur la pointe des pieds. Kamikaze se faufile à mes côtés. Direction? Le grenier.

Je fais un court arrêt devant la porte de mes parents. Je retiens mon souffle. Rien. Ils dorment déjà à poings fermés. Heureusement! Ils n'approuveraient sûrement pas cette équipée nocturne.

Me voilà en haut de l'escalier. Près de moi, Kamikaze fait le gros dos. Son beau pelage roux est entièrement hérissé.

— Qu'y a-t-il donc derrière cette trappe?

Une découverte
inattendue

Je pointe ma lampe dans toutes les directions. Le faisceau lumineux se brise contre les larges poutres du toit et s'accroche aux toiles d'araignées. Des toiles d'araignées gigantesques!

Un guidon et une antique paire de patins surgissent de la nuit. Peu à peu, mes yeux s'habituent à la pénombre. Comme je l'imaginais, il y a dans ce grenier quantité d'objets hétéroclites. Une bicyclette rouillée, un fauteuil mité, une table bancale, un coffre au couvercle bombé, un chapeau de paille, des cadres ayant perdu leur dorure, une grande malle d'osier, la statue écaillée d'un colosse transportant un enfant sur ses épaules et, enfin, des piles et des piles de livres.

Je n'en ai jamais vu autant dans une même pièce! À part à la bibliothèque municipale, bien entendu.

Depuis le temps que je rêvais d'un pareil endroit, je suis servi. Et puis, la nuit, c'est doublement excitant!

Kamikaze circule au milieu de ce fatras, à l'aise, comme en plein jour.

Par la lucarne, la lune déverse une lumière laiteuse qui donne à chaque chose une allure inquiétante.

— Kamikaze... Kamikaze... Où es-tu?

Un étrange miaulement répond à mon appel.

Je fouille la nuit avec ma lampe de poche. Je trouve Kamikaze en position d'attaque devant un placard.

— Qu'est-ce qui se passe, mon vieux?

Je tends la main pour le caresser. Kami bondit vers moi en émettant un sifflement inquiétant.

Je recule vivement:

— Eh! Oh! Tu perds la boule ou quoi? Tu ne me reconnais plus? C'est moi, Phil.

Kami lance un cri terrifiant, me saute dessus et me plante ses griffes dans la cuisse. Je trébuche contre la porte du placard et je tombe à la renverse dans un fracas de planches brisées. Malheur! Tout ce vacarme, c'est un coup à réveiller mes parents. Maintenant, je m'attends à les voir surgir d'un instant à l'autre.

Dans ma chute, j'ai laissé échapper ma lampe. Je la rattrape.

Alors là! Alors là! Je dois avoir la berlue! Pincez-moi quelqu'un! Entre les planches cassées, je l'aperçois. Il est là! C'est lui. J'en suis sûr!

— LE GRIMOIRE!

Le livre, de la taille d'un homme, est pendu par deux chaînes à une poutre du plafond.

Je n'en crois pas mes yeux!

Je me relève prestement et commence à dégager le volume.

— Tu parles d'une découverte!

Je tends le bras... Comme s'il voulait me prévenir d'un danger, Kami s'élance et me mord au poignet.

— Qu'est-ce qui t'arrive? Ce n'est qu'un vieux livre poussiéreux. Il n'y a pas de quoi s'énerver.

Pourtant, dès que j'effleure la reliure, j'ai l'étrange impression que le cuir se met à frissonner sous mes doigts.

— Beurk! On dirait de la peau humaine!

N'y tenant plus, j'ouvre le grimoire. Aussitôt, une odeur d'œufs pourris envahit le grenier. Mes cheveux, mes vêtements en sont tout imprégnés. C'est à vous lever le cœur! Kamikaze se cache le museau dans ses pattes.

D'une main, je me pince le nez. De l'autre, je commence à feuilleter les pages rouges de l'Agrippa. Au milieu d'un texte à la signification obscure, deux phrases retiennent mon attention:

Pour voler au-delà des yeux: SISPI SISPI.

Pour revenir au nid: ITTSS ITTSS.

Kami refuse toujours de s'approcher. Je le prends dans mes bras.

— Tu parles d'un charabia! SISPI SISPI...

Au même instant, un éclair traverse le grenier. Le tonnerre se met à gronder. Un coup de vent furieux secoue la maison. Les vitres éclatent. Tous les objets sont précipités vers l'extérieur. À chaque seconde, je risque de connaître le même sort. D'une main, je m'accroche désespérément au rebord de la fenêtre. De l'autre, je serre Kami contre moi. Je dois éviter à tout prix d'être emporté dans la tourmente.

Mes ongles labourent le bois. Le vent redouble de violence. Je lâche prise. Kami m'échappe. Nous sommes aspirés par la nuit.

Je vois mon chat tourbillonner au-dessus de moi et j'entends une voix me crier:

— Encore une fois, Philippe, tu as raté une belle occasion de réfléchir avant d'agir.

Je reconnais la phrase fétiche de ma mère. Qui donc a parlé?

Je me réveille en tremblant de froid. Où suis-je? La tempête a dû causer des dégâts énormes. Je ne reconnais plus rien.

À travers de hautes herbes, j'aperçois des flammes. Un incendie? Si c'est le cas, avec le vent qu'il faisait, tout doit être détruit à l'heure qu'il est.

Qui donc me dira ce que sont devenus Manon, Claude, Pauline et Antoine? Pourvu qu'ils aient quitté la maison à temps et qu'ils soient tous sains et saufs!

Et Kami... Où est-il?

— Kamikaze... Kamikaze...

Je crie son nom aux quatre coins de l'horizon. Rien.

Si seulement je l'avais serré plus fort contre moi! Il n'aurait pas été emporté par la tornade.

Pauvre Kami! À cet instant précis, je comprends mieux ce que Manon veut dire quand elle affirme que les chats sont des bêtes à chagrin. Il faut absolument que je retrouve Kamikaze! Ce serait trop triste de vivre sans lui!

Décidément, la nuit est glaciale pour la saison! Je grelotte malgré ma jupette de fourrure. MA JUPETTE DE FOURRURE!?!? Mais enfin, où est passé mon pyjama? Si seulement, quelqu'un pouvait m'expliquer ce qui se passe!

J'entends des voix! Quel bonheur! Je commençais à me demander si je n'étais pas l'unique survivant de cette terrible catastrophe.

Au détour d'un sentier, je tombe sur des gens assis autour d'un feu.

Eux aussi portent un drôle d'accoutrement. Peut-être revenaient-ils d'une soirée costumée au moment où l'ouragan s'est abattu sur l'Île? Chose certaine, leur allure ne me dit rien de bon. Je décide donc de les éviter.

Derrière eux, j'ai repéré l'entrée d'un abri.

Alors là! Alors là! Si je m'attendais à ça! Une caverne! Peut-être qu'Antoine et Pauline connaissaient l'existence de cette grotte et qu'ils se sont tous réfugiés ici.

En un éclair, l'espoir renaît. Le cœur battant, je m'enfonce plus avant dans la galerie souterraine. De loin en loin des torches éclairent la paroi.

Soudain, je sens une présence. Ma gorge se noue. Et si c'étaient Manon et Claude? Hélas! Ce ne sont que deux hommes qui s'affairent au fond de la caverne.

À l'aide d'un burin primitif, le premier grave un dessin sur le mur tandis que son compagnon exécute un tableau animalier dans des tons de blanc, de noir et d'ocre.

Ce peintre a une curieuse technique de travail. Tantôt il applique la couleur avec un pinceau fait de branchettes effilochées, tantôt il se sert de ses doigts.

En tous cas, ces deux-là ne semblent pas particulièrement troublés par ce qui vient de se passer.

— Eh! Oh!

Sans se retourner, le peintre me répond par des grognements. Encore un de ces graffiteurs qui ne peuvent passer devant un mur sans y laisser leur marque: *Ginette aime Pierrot* ou encore *Mariette et Guy, 15 juillet 1993.* Une vraie plaie, ces obsédés!

Pensez donc! La région vient d'être détruite par un séisme et ils ne trouvent rien de mieux à faire que de couvrir les parois de cette grotte de chevaux, de mammouths, de rhinocéros... de sangli...

Mais, enfin, qu'est-ce qui m'arrive? Où suis-je? Sur le plateau de tournage d'un film? Facile à vérifier.

Je recule de quelques mètres. Je prends mon élan. Et je fonce...

Aïe! Aïe! Aïe! Mon épaule heurte douloureusement le rocher. Pas de doute, cet endroit n'est pas un décor de carton-pâte. C'est du solide. Du vrai. UNE AUTHENTIQUE CAVERNE PRÉHISTORIQUE!

— Au secours!

Le grenier... Le grimoire... La formule... La tempête... C'est donc ça. J'ai été transporté au-delà des yeux. J'ai fait un saut périlleux arrière dans le temps pour atterrir ici, devant la première bande dessinée jamais produite.

Surtout pas de panique! Je dois me concentrer sur la formule. C'est mon passeport pour le retour.

Que disait donc l'Agrippa? Pour voler au-delà des yeux: SISPI SISPI. Pour revenir au nid... Pour revenir au nid??...

Avec ce froid qui me fait claquer des dents, impossible de me concentrer. Il faut que je me réchauffe, ensuite j'y verrai plus clair.

À ma droite, un renfoncement. Si j'allais m'y cacher? Là, je serai moins exposé aux courants d'air et personne ne me trouvera.

Génial! Au fond de la cavité s'empilent une montagne de fourrures. Tout à fait ce qu'il me faut.

Il fait sombre. À tâtons, j'en tire une peau pour me couvrir. Malheur! Toute la pile se met à vaciller. Je me débats pour empêcher l'avalanche. Rien à faire! La sombre masse menace à tout moment de me tomber dessus.

Soudain, un terrible grognement emplit l'espace.

— Maman!

Ce que je prenais pour un empilement de peaux de bête est en fait un ours. Brun. Gigantesque. Rien à voir avec un ours en peluche.

Voilà que l'imposant mammifère se dresse sur ses pattes. Je recule à toute vitesse! La terrible bête me colle aux fesses.

À tout hasard, je hurle:

— Kamikaze! Kamikaze! Où es-tu? Si tu ne rappliques pas bientôt, je vais être obligé de partir sans toi.

Il faut que je retrouve la formule de retour, sinon je risque de finir en bouillie pour les ours. J'essaie n'importe quoi:

— SISSI, SISSI...

Mon poursuivant gagne du terrain.

— SIPSI, SIPSI...

Je sens son haleine dans mon
cou.

Tant pis! Il faut que je sauve ma
peau. Prêt à décoller? Envolons-nous
au-delà des yeux:

— SISPI... SISPI...

Je croise les doigts. C'est parti.

Cette fois, il n'y a eu ni tonnerre
ni éclair. Juste l'impression de bas-
culer au fond d'un précipice. Le passage dans ce monde-ci s'est effectué
à la vitesse de la lumière.

Je n'ose ouvrir les yeux. Peu importe où je me trouve. Je suis en vie
et il fait chaud. C'est toujours ça de
gagné.

4

La maison des tablettes

Je suis assis sur un bloc de pierre et j'ai l'étrange impression que l'on m'observe. Une fois de plus, j'ai changé de costume. Me voilà sans doute attifé à la mode du coin. Autres temps, autres mœurs comme le répète souvent Pauline

Aïe! Quelqu'un vient de m'assener un coup de bâton. J'ouvre les yeux.

— Non, mais ça ne va pas!

— Taisez-vous! m'ordonne un vieil homme dans une langue dont j'ignorais tout il n'y a pas deux secondes. Même si c'est votre première journée à l'Edduba, poursuit le barbu, ce n'est pas une raison pour manquer aux règlements. Sachez qu'il est interdit de rêvasser durant les cours!

Les cours?! L'Edduba?! De quoi il parle, celui-là? Ça y est! J'y suis. Me voilà dans une école. En plein mois de juillet! Décidément, je ne pouvais pas tomber plus mal!

Autour de moi, des garçons de première année à cinquième secondaire environ baissent docilement les yeux sur leur cahier. En fait, il s'agit plutôt d'une tablette d'argile de la taille d'une main. À l'aide d'une sorte de plume triangulaire taillée dans un roseau les élèves y gravent des signes étranges.

— Qu'attendez-vous pour en faire autant? me lance le maître. Vous avez plus de six cents signes à apprendre avant de savoir écrire parfaitement.

SIX CENTS SIGNES! Mais je nage en plein cauchemar! Si mon prof de première année a mis dix mois pour m'enfoncer les vingt-six lettres de l'alphabet dans le crâne, combien de temps ce barbon mettra-t-il pour m'apprendre ses six cents signes? Je ne suis pas fort en maths, mais une chose est certaine, je ne suis pas sorti du bois!

— ... Peut-être voulez-vous encore goûter du bâton? continue le patriarche. C'est ce que vous vous mériterez si vous arrivez en retard, si vous ne faites pas vos devoirs ou si vos travaux ne sont pas soignés.

Alors là! Moi qui ai toutes les misères du monde à aligner trois mots d'anglais voilà que par magie je réplique dans la langue du pays.

— Et la charte des droits des étudiants, qu'est-ce que vous en faites?

Le bonhomme ouvre de grands yeux interrogateurs. Visiblement, il n'en a jamais entendu parler.

Pendant que je me fais l'effet d'un caméléon en adoptant, à chaque plongeon dans le temps, la langue et la couleur locale, le vieil homme lève son bâton:

— Petit impertinent!

— Bon. Bon... Pas de panique! J'ai compris.

Je puise une motte d'argile dans un seau. Je l'écrase entre mes mains et je m'applique à recopier les signes en forme de tête de clou que le maître nous apprend.

D'accord, ce n'est pas la joie. Mais, en y réfléchissant bien, lorsque, comme moi, on a été arraché à sa famille, qu'on a perdu son meilleur ami et qu'on a failli être croqué tout cru par un ours, retourner en classe au beau milieu des vacances, croyez-moi, c'est presque du gâteau! Et puis, ici, je trouverai peut-être de l'aide pour retourner chez moi.

L'école domine la ville. De là où je suis, j'ai une vue en plongée sur les alentours. La population est sûrement nombreuse. En tout cas, les maisons sont si proches les unes des autres qu'elles se touchent. Curieusement, il n'y aucune ouverture au rez-de-chaussée. Les portes et les fenêtres ont toutes été percées à l'étage auquel on accède par une échelle.

Le jour commence à tomber. Sur un signe du maître, mes compagnons s'apprêtent à quitter la classe. Cependant, avant de partir, j'ai droit à un dernier avertissement:

— Je vous attends demain, à l'aube. Et ne soyez pas en retard, sinon...

— Oui... Oui... Je sais. Le bâton. Tu parles d'une façon d'enseigner!

Dehors, je me rends compte que l'école est rattachée à un temple comme on en voit dans les encyclopédies. Un édifice imposant, au toit plat, construit au sommet d'une haute terrasse.

Dans la rue, les gens se pressent autour des étalages des marchands. Certains offrent des dattes, des poires et des pistaches. D'autres semblent être spécialisés dans le commerce des outils. D'autres encore dans celui des vêtements et des coquillages.

Je scrute attentivement tous les recoins dans le fol espoir de retrouver Kamikaze. J'ai bien croisé des bœufs, des chèvres et des moutons sur mon passage, mais aucun chat.

À tout moment, la foule s'écarte pour laisser passer de curieux attelages. Des hommes, couverts de sueur, tirent de toutes leurs forces des traîneaux chargés de marchandises.

Des traîneaux, sur le sable?! Drôle de façon de transporter les marchandises... Décidément, j'aurai tout vu! Dommage que je ne puisse m'attarder dans le coin. En quelques jours, mon nom serait sur toutes les lèvres. PHILIPPE LEMIEUX, LE GÉNIE QUI A INVENTÉ LA ROUE. Je me demande comment il se fait que personne ici n'y a encore pensé.

Justement, en face, le potier façonne un vase sur un plateau rotatif fixé sur un axe en bois. Il lui suffirait de mettre le plateau à la verticale et il aurait une roue.

Un de mes camarades de classe me rejoint:

— Tu admires le travail de mon père? C'est le potier le plus adroit de la région!

Je souris.

— ...Je m'appelle Gargamesh, et toi?

— Philippe.

— Philippe?! Ce n'est pas un prénom sumérien. Tu arrives de très loin, n'est-ce pas?

— Ça, tu peux le dire!

Nous marchons côte à côte. Au milieu d'une petite place, Gargamesh tombe en admiration devant un vieillard à la longue barbe frisée assis en tailleur à même le sol. Debout, face à lui, un personnage d'allure imposante dicte un texte que le vieil homme grave sur la tablette posée sur son avant-bras.

— C'est le scribe le plus respecté de la ville! Tu te rends compte? On vient de partout pour lui demander de rédiger des lettres et des contrats.

Il est vrai que l'éminent écrivain manie sa drôle de plume de roseau à une vitesse impressionnante!

La dictée terminée, le scribe remet la tablette d'argile à son client. Celui-ci paie et s'en va en emportant sa lourde lettre.

Alors là, je plains le facteur. Le pauvre doit crouler sous le poids du courrier! Aïe! Aïe! mon dos!

— Quand j'aurai terminé mes douze années d'études à l'Edduba, moi aussi, je serai respecté, déclare Gargamesh.

— Tu veux devenir scribe?

— Mieux! Je serai directeur de la maison des tablettes!

— Qu'est-ce que c'est, la maison des tablettes?

— C'est l'endroit où sont conservés les textes de loi, les contrats et les légendes de notre pays.

— Tu veux dire la bibliothèque? Une bibliothèque! Quelle aubaine! C'est justement ce qu'il me fallait. J'y trouverai peut-être un indice qui m'aidera à reconstituer la formule de retour.

Pauvre Gargamesh! Il ne comprend pas un traître mot de ce que je raconte. Je crois même qu'il commence à se demander si je ne suis pas un extraterrestre ou quelque chose du genre. Entre vous et moi, il n'a pas tout à fait tort.

— J'ai un marché à te proposer.

Gargamesh m'écoute avec le plus grand intérêt.

— Je connais un moyen de te faire respecter dans tout le pays et même au-delà. Maintenant. Tout de suite. Mais, en échange, il faut que tu m'emmènes à la maison des tablettes.

Gargamesh réfléchit un moment:

— Tu m'expliques d'abord comment devenir célèbre. Ensuite, je t'emmène à la maison des tablettes.

Je n'ai guère le choix. J'accepte.

— Dis-moi, ton père possède-t-il d'autres plateaux rotatifs en bois, à part celui sur lequel je l'ai vu travailler?

Visiblement, Gargamesh cherche où je veux en venir.

J'insiste:

— Oui ou non?

Gargamesh me prend par la main.

— Suis-moi!

Il m'entraîne derrière l'atelier de son père. L'endroit est désert. Il y a là des axes et trois épais plateaux circulaires en bois.

J'en mets deux à la verticale. Je m'empare ensuite d'un axe que j'enfile au centre des deux plateaux. Alors, sous l'œil ébahi de mon compagnon, je m'assois sur cet essieu primitif. En me poussant avec les pieds, je m'amuse à faire avancer et reculer mon engin de fortune.

— Au dépotoir, les traîneaux! Un jour, je te le jure, on écrira de longs poèmes à la gloire de Gargamesh, l'inventeur de la roue!

Gargamesh sourit de toutes ses dents.

— Maintenant, conduis-moi à la maison des tablettes!

Comme l'école, la maison des tablettes est annexée au temple. Nous y entrons sans problème.

Des milliers de tablettes d'argile sont alignées sur des planches où elles sèchent. Pas facile de les consulter. Ces documents sont extrêmement fragiles. Il suffirait d'une maladresse pour tout casser.

Le directeur de l'établissement me suit pas à pas, épiant chacun de mes gestes.

Soudain, un petit cri attire mon attention. Je me retourne. Là-haut, sur la plus haute planche, quelque chose a bougé. L'espace d'un instant, j'ai cru apercevoir une boule rousse...

— Kamikaze! Kamikaze! C'est bien toi?

5

Le tombeau de Néfrétah

De son perchoir, Kamikaze lance des miaulements désespérés. Je joins les mains et j'arrondis les bras en forme de cerceau.

— Vas-y, Kami, saute!

Kami s'élance. Je recule de quelques pas pour l'attraper. Je heurte une étagère. Et, c'est la catastrophe!

Dans un jaillissement de poussière, tous les rayonnages de la maison des tablettes s'écroulent comme un jeu de cartes.

Je n'y vois plus rien. L'air est irrespirable. J'étouffe. Des cris menaçants éclatent de toutes parts! Je presse mon chat contre mon cœur.

— Gargamesh! Gargamesh!

— Sauve-toi, Philippe! Sauve-toi vite!

Je veux bien. Mais où? Voilà qu'au même instant, je recommence à entendre des voix:

— Grouille-toi un peu Phil, prononce la formule!

Qui donc me parle ainsi?

Mais l'heure n'est pas aux devinettes. La poussière commence à retomber et ce que je vois n'a rien de rassurant. Une foule hurlante accourt de partout. Elle nous entoure. Encore quelques secondes et nous serons lapidés!

— Accroche-toi, Kami! On décolle. SISPI...SISPI...

Dommage... Je n'assisterai pas au triomphe de Gargamesh.

Cette fois, c'est avec les yeux grands ouverts que j'émerge dans un nouveau monde. Je suis sur le bord d'un fleuve.

Ma gorge se noue. Serais-je de retour?

Hélas! Je dois vite déchanter. Ce paysage n'a rien de commun avec les rives du Saint-Laurent. Il règne ici une activité inconnue à l'Île-Blanche.

De grands bateaux ont déployé leurs voiles carrées d'un blanc immaculé et voguent aux côtés des radeaux de pêcheurs. Le long de la rive, un garçon aux sourcils rasés, vêtu d'un pagne comme le mien et armé d'une lance, poursuit un hippopotame.

Quelle hardiesse!

Soudain, le garçon glisse, perd son arme et tombe dans l'eau boueuse. Il se débat, tente de se relever, mais culbute à nouveau.

Du coup, les rôles sont inversés et l'hippopotame se met à avancer vers sa proie, la gueule béante. Si personne ne vient à son aide, le garçon sera broyé par l'énorme mâchoire.

Il faut agir! J'agite vigoureusement les bras et fonce dans le courant en hurlant des paroles sans queue ni tête. Déroutée, l'imposante bête détourne un moment son attention vers moi. Le jeune chasseur en profite pour se hisser sur la rive.

— Sans toi, j'étais perdu! lance-t-il en reprenant son souffle. Je suis Mérab. Et toi?

Une fois de plus, la magie opère. Avec l'assurance d'un polyglotte, je réponds dans la langue du pays:

— Je m'appelle Philippe. Et voici mon chat, Kamikaze. Nous voyageons ensemble.

Mérab détaille Kami en connaisseur.

— Tu as là un chat magnifique! Sa beauté est presque aussi parfaite que celle de Bastet, la déesse qui protège la famille.

Kamikaze en profite pour s'étirer et prendre des pauses. Je jurerais qu'il le fait exprès.

— Tu aimes les chats?

J'ai posé la question sans conviction. Pour meubler la conversation.

— Quelle question! Tous les Égyptiens adorent les chats!

Heureusement que j'ai lu tous les *Astérix*, ça me permet de me situer!

Me voilà donc sur les bords du Nil, au pays des pharaons. Je reçois la nouvelle comme un coup de poing en pleine figure! À cet instant précis, je me sens terriblement loin de chez moi! Si je ne me retenais pas, je crois bien que je me mettrais à chialer comme un bébé.

— Tu sembles bien triste, constate Mérab. Tu m'as sauvé la vie. Aussi, si tu as besoin d'aide, tu n'as qu'à demander.

— Je dois retrouver une formule magique. Une formule qui permet de voyager au-delà des yeux, mais surtout, de revenir au nid.

— Néfrétah, l'astrologue, aurait pu répondre à ta question. Malheureusement, tu arrives trop tard.

— Comment ça?

— Il est mort. Dans quelques heures on le conduira à sa dernière demeure. Dommage, car Néfrétah connaissait le secret des dieux et des étoiles. Il comprenait le langage de tous les êtres. Y compris celui des oiseaux et des reptiles.

— Sais-tu d'où lui venait son savoir?

— Du livre de Thot, le dieu qui nous a donné l'écriture.

Enfin, une lueur d'espoir! Mon cœur bat plus vite.

— Emmène-moi chez Néfrétah. Il faut que je consulte ce livre!

— Impossible. Les prêtres l'ont déjà transporté dans le tombeau afin qu'il accompagne le défunt dans son voyage vers l'autre monde.

— Alors, conduis-moi au tombeau!

Mérab danse d'un pied sur l'autre. Il hésite.

— C'est très dangereux. Seuls les prêtres ont le droit de pénétrer dans les tombeaux. Si on venait à t'y surprendre, on te battrait à coups de bâton, puis on te couperait le nez et tu serais exilé au nord-est du pays et abandonné dans la forteresse des sans-nez.

— Peu importe! Tu as dit que tu m'aiderais. Alors, en route!

Chemin faisant, nous croisons des travailleurs. Ils s'affairent autour de grandes gerbes de roseaux cueillis sur le bord du Nil. Au milieu d'eux, un homme lance ses ordres:

— Ce papyrus doit être écorcé, taillé et martelé avant la nuit sinon, vous serez fouettés et jetés aux crocodiles!

— Un chausson avec ça? Qui est-ce?

— C'est l'envoyé du pharaon, précise Mérab.

Sur une pierre plate des ouvriers alignent des lamelles de cœur de papyrus. Une rangée à la verticale. Une rangée à l'horizontale. Ensuite, ils martèlent le tout en cadence sous l'œil attentif du contremaître.

— Le papyrus est précieux, explique Mérab. On s'en sert non seulement pour écrire, mais on en fait aussi des cordages, des sandales et même des bateaux comme ceux que tu vois là-bas.

Si je m'attendais à ça! Des bateaux faits de roseaux! Et ça flotte!

Mérab tient Kamikaze dans ses bras. Il le caresse doucement.

— Moi aussi, je voyageais toujours avec mon chat. Cependant, il y a quelques jours, notre maison a pris feu et je n'ai pu empêcher mon chat de se jeter dans le brasier.

— Quel malheur!

— Le lendemain, nous avons porté son cadavre au temple de la déesse Bastet pour qu'il y soit enseveli. Alors, toute la famille s'est rasé les sourcils en signe de deuil.

C'est donc ça! Décidément, ils sont fous de leurs chats, ces Égyptiens!

Le tombeau de l'astrologue Néfrétah a été construit sous une petite pyramide.

— Fais vite! me conseille Mérab. Le cortège funèbre va bientôt arriver.

Personne aux alentours. Kami part le premier. Je le suis. Nous nous engageons dans un couloir en pente. Tout en haut, une étroite ouverture s'ouvre sur le caveau. Au centre, le sarcophage attend de recevoir le cercueil de l'astrologue.

La pièce est faiblement éclairée par des flambeaux. Dans un angle, j'aperçois un coffret. Je m'approche.

Soudain, un sifflement me glace le sang!

— UN SERPENT!

Une peur terrible me paralyse. Impossible de fuir! J'ai les jambes comme du coton. Une vraie poupée de chiffon. Je retiens mon souffle. La répugnante bestiole rampe vers moi.

Tout s'embrouille dans ma tête. Il faudrait que je prononce la formule mais je n'arrive pas à me la rappeler.

— Kamikaze!

N'écoutant que son instinct, Kamikaze bondit sur le reptile, le saisit à la gorge et le tue. Couic!

Je n'en reviens pas! Jamais je n'aurais cru un chat capable d'un tel exploit! Je suis encore sous le choc.

Kami triomphe! Il s'amuse avec sa victime. Il la pousse de la patte, la fait virevolter, comme s'il s'agissait d'une vulgaire souris.

— Wouash! Kami, un peu de retenue! Ça n'est pas bien de jouer avec la nourriture.

Je devrais ouvrir le coffre, mais j'hésite. Qui sait si une autre bestiole ne va pas bondir de l'obscurité pour m'empêcher de mettre mon projet à exécution? Je me penche. Je prends une grande respiration. D'un coup sec, je soulève le couvercle.

Je ne peux retenir un soupir de dépit. En effet, le coffre ne contient que de vieux papiers jaunis enroulés autour de bâtons cylindriques. Et pas l'ombre de la queue de la jaquette d'un livre.

— Sors vite! crie Mérab, resté à l'extérieur. Dépêche-toi!

D'une main, j'arrache Kami à ses jeux, de l'autre je m'empare d'un rouleau et je fonce vers la sortie.

— Filons avant qu'on nous voie! ordonne Mérab.

Nous courons nous abriter derrière la plus grande des pyramides.

— Alors? demande Mérab, en reprenant son souffle.

Dépité, je tends le rouleau:

— Pour ce que j'ai trouvé!... Ce n'était pas la peine de prendre tant de risques!

Mérab écarquille les yeux:

— Le grand livre de Thot!

— Ça? Un livre! Tu veux rire?

— Malheureusement, je crois qu'il est incomplet. Il devait y avoir d'autres rouleaux de papyrus. Tu ne les as pas vus?

Je baisse la tête:

— Je ne les ai pas emportés.

Dans un même élan, nous revenons sur nos pas. Trop tard! Le cortège funèbre s'est déjà retiré et des officiants font glisser un énorme bloc de pierre vers l'entrée de la pyramide.

Du coup, ma gorge se noue de chagrin.

— Jamais je ne retrouverai cette maudite formule!

Pendant que je me lamente, Mérab court se laver les mains dans l'eau du fleuve et revient s'asseoir sur le sable. Alors, il dépose solennellement le rouleau sur son pagne tendu. De sa main gauche, il tient le cylindre enrouleur. Puis, lentement, respectueusement, il déroule le papyrus vers la droite. Immobile, il regarde droit devant lui. Dans cette position, on dirait une statue.

Je m'assois à ses côtés. Mérab est devenu grave. Avec d'infinies précautions, il me tend le papyrus:

— Je n'oublie pas que je te dois la vie aussi, je dois te prévenir. Dès que ton regard se posera sur ce texte, ton existence sera à jamais transformée.

Décidé, je saisis le curieux document.

Comme à son habitude, Kami bondit et s'allonge sur le texte. Il y a là une multitude de dessins réalisés au pinceau, à l'aide d'encres de couleur rouge ou noire.

— Tu y comprends quelque chose, toi?

Kami se gratte derrière l'oreille.

— C'est bien ce que je pensais. De la bouillie pour les chats.

Alignés sur plusieurs colonnes, oiseaux, serpents, jarres, vagues tourbillonnent sous mes yeux.

Tout à coup, la vague se met à enfler. Elle trempe le papyrus. Dilue l'encre. Gonfle. Écume. Monte. Déferle. Nous encercle, Kami et moi, sous le regard impuissant de Mérab.

— Je déteste la flotte! clame LA voix venue de nulle part.

Je lutte désespérément contre le courant. Kamikaze se débat comme un diable dans l'eau bénite. Peine perdue. Le raz de marée nous emporte ailleurs. Autre part.

6

Le poète

Je suis trempé de la tête aux pieds. À mes côtés, Kamikaze s'ébroue furieusement. On jurerait qu'il est passé sous une gouttière.

Cette fois, aucune illusion possible. Pas besoin d'un dessin pour comprendre que nous avons été déportés loin de l'Île-Blanche.

Autour de nous, le vacarme est infernal. Nous sommes au centre d'une place bordée d'édifices aux

mille colonnades. Au loin, deux...
quatre... sept collines se découpent
sur l'horizon.

Juché sur une tribune, un homme,
drapé dans une longue pièce de tissu
blanc, harangue la foule. À ses pieds,
les passants indifférents poursuivent
leur chemin. Soudain, au beau milieu de cette intense circulation, un
chien fonce sur Kami et le prend en
chasse.

Au pas de course, je les suis dans
une rue étroite, sinueuse, bordée
d'édifices en hauteur et encombrée
par les étals des marchands.

Droit devant, un barbier rase son
client au milieu de la chaussée. Kami
se faufile entre les jambes du coiffeur
qui se met aussitôt à l'invectiver:

— Sale bête! Si jamais je t'attrape,
je vais te raser de près!

Plus loin, des badauds font cercle
autour d'un charmeur de serpent.
Pourvu que...

— KAMI! NON-ON-ON-ON!

Trop tard! Kamikaze a encore
frappé!

Tout s'est déroulé si vite que les
spectateurs sont stupéfaits. Ils res-
tent là, immobiles, ne sachant que

faire. Même le chien ne semble plus très bien savoir quel comportement adopter.

J'en profite pour m'emparer de Kami et prendre la poudre d'escampette. Il n'y a pas une seconde à perdre! Une fois la surprise passée, le charmeur de serpent va sûrement vouloir se venger.

Avec l'énergie du désespoir, je zigzague entre les obstacles. Dans mes bras, Kami proteste. Il ne comprend pas pourquoi je ne l'ai pas laissé célébrer son exploit en s'amusant un peu avec sa proie.

À bout de souffle, je tourne à gauche au carrefour. Il me semble que partout où nous passons, les gens regardent Kami de travers.

En face, un commerçant s'égosille pour attirer la clientèle:

— Saucisses chaudes... Saucisses chaudes... Achetez mes saucisses... Les meilleures saucisses de Rome!

ROME? Voilà que mes oreilles me jouent des tours à présent! Derrière son comptoir, le bonhomme répète son boniment:

— ... Achetez mes saucisses... Les meilleures saucisses de Rome!

Eh bien! Qui aurait pu prévoir ça? Me voilà en Italie, le pays de mon copain Mario Zotti. Dire que je ne suis qu'à six ou sept heures d'avion de chez moi! Hélas! je le sais, plusieurs siècles me séparent de la maison.

Le parfum des saucisses grillées remplit toute la rue. Soudain, une peine immense monte en moi, me noue la gorge et me brûle les yeux. Je voudrais tant n'avoir jamais quitté ma famille! Des tas d'images se mettent à se bousculer dans ma tête. Je vois mon père, en tablier coloré, s'agiter devant le barbecue. Sur le patio, ma mère dresse la table pour le petit déjeuner du samedi matin. J'entends distinctement le ronron de la tondeuse du voisin...

Comme tout cela me manque! Pour un peu, je m'ennuierais de cette sorcière de Carmen Chaput! Ça doit être ça, le mal du pays.

Le cœur en charpie, je marche à l'aveuglette en ressassant les événements des derniers jours. Il doit pourtant y avoir un moyen de retrouver la formule de retour.

— Jusqu'ici, je me suis entêté à chercher un livre. Un livre semblable à ceux que je connais. Et si c'était une erreur? Qu'en penses-tu Kami? Que disait donc Pauline en parlant de la visite au musée? Ah! oui, je me rappelle. Selon elle, les livres n'auraient pas toujours ressemblé à ce que l'on connaît. À travers les siècles, et selon les régions, ils ont donc probablement changé plusieurs fois de formes ou même de noms.

Si ça se trouve, cette formule de retour qui me manque tant a d'abord été gravée dans une tablette d'argile puis retranscrite sur un rouleau de papyrus avant de se retrouver sur une des pages de l'Agrippa.

Mais oui, tout s'éclaire! Comment n'y ai-je pas pensé plus tôt? Ne perds pas espoir, mon chat. D'ici peu, nous serons de retour à l'Île-Blanche. Promis! Juré! J'en suis sûr maintenant! Désormais, je dois simplement me méfier des apparences.

Ouf! Je me sens plus léger! Bon, voilà qu'il pleut. Devant une porte percée au centre d'un mur sans fenêtre, une voix d'homme me fait sursauter:

— Te voilà enfin!

D'où sort-il celui-là? Je ne l'ai pas entendu arriver. L'inconnu porte une longue tunique blanche semblable à la mienne. Sa tunique est retenue à la taille par une ceinture à laquelle sont pendues deux planchettes de bois rectangulaires unies entre elles par des lanières de cuir.

— Entre vite! Il est à toi ce chat?

Je secoue affirmativement la tête.

— Tu as sûrement du sang égyptien. Il n'y a que les Égyptiens pour s'encombrer d'un animal aussi paresseux!

Comme s'il avait compris l'insulte, Kami fouette vigoureusement l'air de sa queue.

Nous traversons d'abord un vestibule orné de statues. De ce portique, nous accédons à ce qui me semble être la pièce centrale de la maison. Le décor est surprenant. D'une ouverture carrée, au milieu du toit, l'eau de pluie s'écoule dans un grand bassin creusé à même le plancher. Wow! Super! C'est Carmen Chaput qui serait folle comme un balai, si elle voyait ça!

Une jeune fille repousse la grille du jardin qui occupe l'arrière de la propriété. Elle entre dans la maison, contourne le bassin et vient à notre rencontre.

— Octavie, ma fille, voici l'esclave que Brutus m'a envoyé...

«Eh! Oh! Mais ça ne va pas! Pour qui il se prend, celui-là? Je ne suis l'esclave de personne!»

— ... Montrons-lui l'endroit où il va travailler.

Avant même que j'aie eu le temps d'ouvrir la bouche, la demoiselle me pousse dans une pièce meublée d'une table et de deux tabourets. Un grand dessin orne le mur. On y voit un chat sauter sauvagement à la gorge d'un perdreau.

De toute évidence, les chats ne sont guère appréciés dans le coin.

— Voilà ma bibliothèque personnelle, annonce solennellement le père d'Octavie. Avant toi, d'autres esclaves ont copié dans ces volumen la biographie de nos héros et les œuvres des plus grands auteurs.

Les volumes qui font la fierté de mon hôte sont en fait des rouleaux de papyrus comme celui que j'ai trouvé dans le tombeau de l'astrologue Néfrétah. Ces rouleaux sont empilés sur la table ou contenus dans des enveloppes de peau ornées d'une bande d'étoffe écarlate sur laquelle

70

est inscrit le titre de chacun des ouvrages.

— Chaque jour, tu transcriras ici mes pensées et mes poèmes.

— Mon père, Tiberius Gracchus, est un grand poète! proclame Octavie. C'est très généreux de sa part de te prendre à son service. Il serait donc normal que tu lui prouves ta reconnaissance en te débarrassant de ton chat.

— QUOI?

Dans mes bras, Kami se contorsionne nerveusement.

— Mon père et moi détestons les chats! Ils sont gloutons. Hypocrites. Paresseux. Cruels! Ils ne sont bons qu'à tuer les oiseaux.

À ces mots, Kami se met à siffler, à cracher et à faire des efforts désespérés pour m'échapper. J'ai toutes les misères du monde à l'empêcher de se ruer au cou de cette vipère.

Ce n'est pourtant pas le moment de faire une bêtise! En effet, parmi tous les volumes, un titre à demi effacé vient de retenir mon attention: AGRI...

Pendant que je tente de calmer Kami, le père d'Octavie semble saisi d'une fulgurante inspiration. Comme s'il s'agissait d'un cahier, le poète ouvre les planchettes de bois dont l'intérieur est recouvert de cire. Tiberius Gracchus s'empare alors d'un bâtonnet très fin et commence à graver son texte dans la cire dorée.

— Silence, ordonne Octavie, mon père écrit.

«Ça va, j'avais compris! Qu'est-ce qu'elle peut me taper sur les nerfs, celle-là! J'espère tout de même que le grand poète n'y passera pas la journée.»

Après un long moment, Tiberius Gracchus, pousse enfin un soupir de satisfaction:

— Voilà ma pensée du jour. Je compte sur toi pour l'inscrire dans un volumen.

— Oh! père, minaude Octavie, je meurs d'envie de l'entendre!

Tiberius Gracchus tend les planchettes à la hauteur de mes yeux:

— Lis!

Mon premier réflexe serait de refuser. Après tout, je n'ai pas d'ordre à recevoir de ce monsieur. D'un autre côté, plus vite je lirai ce poème, plus vite je serai débarrassé de ces deux-là, plus vite je pourrai consulter le papyrus et plus vite nous pourrons rentrer chez nous. Je m'exécute donc sans discuter:

— Tu pleures quand tu vois souffrir un chat...

Bon, jusque-là, l'œuvre de Tiberius Gracchus ne casse pas trois pattes à un canard. Voyons la suite:

— ... Moi, ce qui me réjouit, c'est de le tuer et de l'écorcher.

Je n'en crois pas mes yeux! C'est d'un goût! Mais d'un goût! J'ai du mal à retenir mes critiques.

Contre moi, Kami se débat de toutes ses forces. Son poil est hérissé et, toutes griffes dehors, il tend une patte menaçante vers le maudit poème.

Soudain, à la plus grande surprise de nos hôtes, la voix, toujours la même, tonne dans la pièce:

— Grand poète, mon œil! Ce texte ne vaut pas un clou! Ça suffit! J'en ai assez entendu! Je ne peux en supporter davantage! Je ne reste pas une minute de plus dans cette maison. SISPI! SISPI!

7

Un pèlerinage au Mont

C'est à cet instant que j'ai compris que LA voix, c'était Kami. Je me souviens d'avoir tenté de le bâillonner:

— NON-ON-ON-ON! Pas maintenant!

Hélas! Le sort en était jeté.

Me faire ça à moi! Alors que j'étais si près du but. Et dire que je l'ai toujours traité comme mon meilleur ami. Avec des amis comme lui, pas besoin d'ennemis! En tout cas, maintenant, entre nous, c'est bien fini.

À cause de l'orgueil mal placé d'un chat, me voilà en train d'errer sur une plage sans fin. Devant moi, des gens tenant chacun un bâton à la main se suivent à la file indienne. Comme moi, ils sont coiffés de chapeaux à large bord et vêtus de longues robes sur lesquelles ils ont posé une cape.

Certains vont pieds nus. D'autres portent des chaînes ou marchent dans des sacs. Ils parlent un drôle de français. Évidemment, ça ne me pose aucun problème.

De temps en temps, une voix s'élève et entonne un chant que la foule reprend. Un chant semblable à ceux que l'on entend parfois à l'église.

Ces marcheurs ont probablement fait une longue route car ils ont l'air épuisés. D'où viennent-ils? Quelle raison les a poussés à faire ce voyage?

Depuis que je me suis joint à ce cortège, Kami se traîne à mes côtés comme une âme en peine. Il aura beau me jeter des regards de chat battu, ce n'est pas demain la veille que je vais lui pardonner ce qu'il a fait!

— Dis-moi, jeune homme, quel terrible crime as-tu donc commis pour aller ainsi au milieu de tous ces pêcheurs?

«Moi, un criminel? Elle est bonne celle-là!»

— Mais, je n'ai commis aucun crime!

— Si tu ne fais pas cette route pour demander à Dieu le pardon de tes fautes, pourquoi es-tu venu en pèlerinage au Mont?

Le Mont? Ça doit être cette île là-bas. Un pic rocheux coiffé d'une église, au flanc duquel grimpe un village. Un village abrité derrière des fortifications comme on en voit dans le vieux Québec.

Mon compagnon de route attend patiemment ma réponse:

— Je ne fais pas de pèlerinage. J'ai été séparé de ma famille et je n'ai nulle part où aller.

— Ventrebleu! Mais tu es beaucoup trop jeune pour vagabonder sur les routes! Ne crains rien, à partir de maintenant, je m'occupe de toi. Je me présente, maître Jehan d'Acre, quéreur de pardon.

— Quéreur de pardon?

— Eh oui, mon garçon. Certains chrétiens à qui un pèlerinage a été imposé pour expier une faute grave me paient pour faire le voyage à leur place. Il faut dire que le trajet est long, pénible et que les routes sont peu sûres. On risque à tout moment d'être attaqué par des mécréants. Ventrebleu, quelle époque!

— Cessez de jurer ainsi, ordonne une femme derrière nous. Si notre bon roi de France vous entendait, il vous ferait sur le champ noyer dans quelque lac ou quelque rivière!

Qu'est-ce que c'est que ces manières?! Noyer quelqu'un parce qu'il a prononcé un pauvre petit juron de rien du tout. Je croyais les Français plus civilisés. Franchement! On se croirait au Moyen Âge!

C'est ça! C'est ça! Si ça se trouve, j'ai été plongé en plein Moyen Âge! Malheur de malheur, que va-t-il m'arriver? Je ne connais rien de cette époque, mais je crois que ça n'est pas une époque très reluisante.

En tout cas, chaque fois qu'il y a une panne de courant à la maison, Claude dit toujours qu'il a l'impression de retourner au Moyen Âge. Je ne risque donc pas de trouver la formule ici.

Le volumen, chez Tiberius Gracchus, c'était ma dernière chance. Mais la bêtise de Kamikaze a tout fait échouer.

Maître Jehan d'Acre se penche vers Kami.

— C'est ton chat?

— Pas du tout! Je ne le connais pas!

Ma réponse est partie comme une balle. Kamikaze émet un miaulement plaintif. Tant pis! Il l'a bien mérité.

— J'aurais juré qu'il te suivait, insiste maître d'Acre, en attrapant Kami. Dans ce cas, mon gaillard, tu vas venir avec moi.

— Qu'allez-vous en faire? Ce n'est pas que je m'inquiète pour lui, mais je suis curieux.

— Je vais l'offrir à la mère Poulard à qui je compte te présenter. Tu verras, c'est une brave femme. Elle sera heureuse de te prendre chez elle. Quant à ce matou, il tiendra les rats à bonne distance de son auberge. En attendant, ne t'éloigne pas du cortège des pèlerins, car tu pourrais être avalé par les sables mouvants.

Pauvre maître Jehan! S'il savait! Les sables mouvants ne représentent aucun danger pour moi. En cas de malheur, je n'aurais qu'à réciter la formule et je basculerais dans un autre monde.

Au fond, je pourrais partir tout de suite. Mais j'hésite. Une petite voix intérieure me dit de rester ici un moment. Manon m'a toujours dit de faire confiance à mon instinct. Alors, c'est décidé, je reste.

Derrière nous, la mer monte à la vitesse d'un cheval au galop. Si la procession n'atteint pas la rive bientôt, les pèlerins seront engloutis par la marée.

Devant l'imminence du danger, tout le monde se met à courir. C'est donc dans le plus grand désordre que nous franchissons les portes du village.

À l'intérieur des murs, l'unique rue du Mont grimpe vers l'église. L'auberge est là, à droite, à côté de la boutique du cordonnier.

La mère Poulard nous accueille dans une grande pièce basse meublée d'une table et de bancs. Dans la cheminée, une marmite est pendue au-dessus du feu. De chaque côté du foyer trônent deux lits aux dimensions imposantes.

— Tu tombes bien, mon garçon, tu vas m'aider à tenir l'auberge et tu feras les courses. En retour, tu seras nourri, logé. Tu resteras ici aussi longtemps qu'il te plaira.

— Ça me semble honnête, comme marché, commente maître d'Acre. Qu'en dis-tu?

— Je suis d'accord.

— Très bien. Alors, pour commencer, tu vas aller chez le boucher. Tu lui demanderas son plus beau lapin. Ce soir, maître Jehan, vous aurez droit à une omelette de ma spécialité et à un civet dont vous me donnerez des nouvelles. Quant à celui-ci, ajoute encore la brave femme en prenant Kami dans ses bras, nous allons lui donner un grand bol de lait.

À la boucherie, je suis accueilli par un homme rougeaud et joufflu:

— Lustucru, pour vous servir. Qu'est-ce que je peux faire pour toi?

J'explique la raison de ma visite. J'ai à peine terminé ma phrase que le boucher se lance dans un long interrogatoire. Il veut tout savoir. Qui je suis. D'où je viens. Et, surtout, pourquoi je suis venu au Mont. Lustucru s'attend sans doute à ce que je lui confesse un crime bien juteux.

Au lieu de ça, je lui confie que je suis à la recherche d'un texte ancien.

— Un texte ancien! lance le bonhomme, tu ne pouvais mieux tomber! On dit que la bibliothèque de l'abbaye en est pleine.

Alors là! Alors là! Si je m'attendais à ça!

La Cité des livres

Je quitte la boucherie et je cours à l'auberge. Faux! Je ne cours pas, je vole. Alors que je n'avais plus aucun espoir de retour, voilà qu'une petite lumière vient de s'allumer au bout du tunnel.

— Hé! petit, tu me sembles bien excité, fait remarquer maître Jean en me voyant revenir.

— Est-ce que c'est vrai qu'il y a là-haut beaucoup de livres? Heu... Je veux dire des textes?

— On raconte que la bibliothèque en est pleine! Certains moines passent leur vie dans le scriptorium à les recopier. C'est même à cause de ça que le Mont est surnommé la Cité des livres.

Mon cœur fait trois tours dans ma poitrine. Maître d'Acre n'a pas parlé de tablettes d'argile, de papyrus ou de volumen mais bien de livres. DE LIVRES!

— Est-ce que je pourrais les consulter?

Kami qui se chauffait au coin du feu dresse l'oreille. La mère Poulard me lance un regard désolé:

— Je regrette d'avoir à te le dire, mais les étrangers ne sont pas admis dans la bibliothèque, pas plus d'ailleurs que dans le scriptorium où travaillent les moines copistes.

Et voilà pour la douche froide! En quelques mots l'aubergiste a crevé le petit nuage rose sur lequel je flottais. Impossible de cacher ma profonde déception.

— Demain matin, ajoute maître d'Acre, je dois aller prier à l'abbaye. Ça fait partie de mon travail. Si tu veux en profiter pour monter avec moi, tu pourras visiter la chapelle.

J'accepte. Admis ou pas, une fois sur place, je suis bien résolu à me faufiler dans la bibliothèque.

Le souper de la mère Poulard est un véritable délice! Même Kamikaze a droit à sa part du festin. Il semble que notre hôtesse soit tombée sous le charme de son nouveau protégé.

Après avoir vidé son bol, Kami sort sur le pas de la porte pour lisser son pelage dans les derniers rayons du soleil.

— Il va pleuvoir demain, soupire la mère Poulard; regardez, Minou fait sa toilette.

J'ai beau ne pas croire aux superstitions populaires, n'empêche que ce matin, maître d'Acre et moi quittons l'auberge sous la pluie. Kamikaze se faufile dans la rue en espérant nous suivre, mais je lui fais vite comprendre qu'il n'est pas le bienvenu. Pas question qu'il fasse tout rater encore une fois!

Alors il reste là, au milieu de la chaussée à nous regarder nous éloigner.

Maître Jehan et moi arrivons à l'abbaye complètement trempés.

Dès que mon compagnon s'agenouille dans la chapelle, j'en profite pour m'éclipser. Coûte que coûte, je dois trouver la bibliothèque.

Par une porte de côté, j'accède d'abord au dortoir. L'endroit est désert. Je sais par la mère Poulard que les moines se lèvent à l'aurore.

Je longe un couloir... Personne. En ce moment, m'a expliqué maître Jehan, tous les moines sont au travail. Certains tressent des paniers. D'autres s'occupent d'accueillir les pèlerins.

J'emprunte un escalier en colimaçon et je débouche dans une pièce vaste, sombre, glaciale, que de larges cheminées n'arrivent pas à réchauffer.

À l'aide d'une plume d'oiseau taillée en pointe, les moines reproduisent les textes qu'on leur a confiés et enjolivent les marges de superbes dessins dans des tons de blanc, de bleu, de rouge et d'or.

Les couvertures de certains de ces ouvrages sont d'ailleurs richement ornées de pierres précieuses, de plaques d'argent et même d'ivoire sculpté! Incroyable! On dirait des coffrets. D'autant plus que chaque livre possède un fermoir.

Il faut absolument que je voie ça de plus près! L'un de ces volumes contient sûrement la formule de retour.

À quelques pas de moi, des livres sont rangés à plat sur une table. Je m'approche et, d'un geste brusque, j'en tire un.

Malheur! Je m'aperçois trop tard que le livre est attaché à la table par une chaîne. Le volume m'échappe donc brusquement des mains et, dans cette pièce silencieuse, je suis aussitôt repéré.

— Mécréant!

— Scélérat!

— Voleur!

Je n'ai pas d'autre choix que de déguerpir en quatrième vitesse. Du moins pour l'instant. Mais je n'ai pas dit mon dernier mot...

Je retourne sur mes pas et je retrouve maître Jehan au moment où il quitte la chapelle. Sur le chemin du retour, j'ébauche déjà mille et un plans pour arriver jusqu'à la bibliothèque de l'abbaye. Pas question de renoncer, l'enjeu est trop important!

À l'auberge, nous trouvons la mère Poulard dans tous ses états:

— Il va arriver un malheur, j'en suis sûre. Quelqu'un va nous quitter.

— Qu'est-ce qui vous fait dire ça? demande maître Jehan.

— Le chat. Il a disparu. C'est un signe qui ne trompe pas. Oui, je vous le dis, quelqu'un va nous quitter.

Pauvre femme, elle fait vraiment peine à voir!

— Écoutez, mère Poulard, il ne peut pas être allé bien loin. Nous allons sûrement le retrouver.

— Sache que je l'ai déjà cherché dans tous les coins. Et puis, ne m'appelle pas mère Poulard, m'ordonne mon hôtesse. La mère Poulard, c'est le nom de mon auberge. Mon nom à moi, c'est Michel. La mère Michel.

Soudain, un air de musique se met à chanter dans ma tête. Que di-

sait donc la chanson?... C'est la mère Michel qui a perdu son chat...

Oh! non! Kamikaze est en danger. Je fonce dans la rue et je me précipite vers la boucherie de Lustucru. Une échelle extérieure monte au grenier. Je grimpe les barreaux deux à deux! Pauvre Kami! Pourvu qu'il ne soit pas trop tard!

De l'autre côté de la porte, me parviennent des miaulements terribles! D'un coup d'épaule, j'ouvre.

Kami crache, siffle et court dans tous les sens.

— Viens, mon chat. C'est fini. Je ne t'en veux plus. Tu sais bien que je n'aurais jamais pu me séparer de toi.

C'est alors que je l'aperçois. Il est là. Pendu par deux chaînes aux solives du grenier. C'est bien lui. C'est l'AGRIPPA!

Brusquement, les anneaux cèdent sous le poids du livre. Libéré de ses chaînes, l'Agrippa glisse par terre.

Au moment où je me penche vers lui, le livre maudit me plante un de ses coins dans l'œil et tente de m'attraper entre ses pages.

Aussitôt, une rage terrible m'envahit! Je m'empare d'un gourdin qui

traînait là et, sans crier gare, j'en as-
sène un grand coup à l'Agrippa.

— Saleté! Tu ne m'auras pas!
Montre-moi la formule de retour!

La colère décuple mes forces. Je
frappe. Frappe. Et frappe encore.
L'Agrippa résiste, gémit, se tord,
mais je réussis malgré tout à lui faire
tourner quelques pages.

Enfin! Voilà ce que j'ai tant cherché! La formule est là, sous mes
yeux.

— Viens vite, Kamikaze. Agrippe-
toi! Cette fois, nous rentrons à la
maison. ITTSS ITTSS...

— ... Parce que les pharaons aug-
mentent sans cesse le prix du papyrus, Eumène II, roi de Pergame, in-
vente un nouveau support pour
l'écriture, le parchemin...

La voix vient de la pièce voisine.

— ... Le parchemin est fait de
peaux de bêtes. Ces peaux sont la-
vées, séchées, épilées, amincies et
polies pour en faire des feuilles lis-

ses, souples, solides sur lesquelles on peut écrire et effacer. C'est sur des feuilles de parchemin comme celle-ci que les moines du Mont recopient les livres, les codices comme on disait à l'époque.

Qu'est-ce que c'est que cet endroit? Il fait sombre. Je ne reconnais rien. Où avons-nous été projetés? Et si j'avais mal lu la formule? Peut-être n'avons-nous pas quitté le Moyen Âge?

Je presse Kami contre moi. En tout cas, si d'autres malheurs doivent nous arriver, au moins nous serons ensemble.

— Dommage que Philippe soit allé courir je ne sais où, il aurait appris des tas de choses au cours de cette visite.

Mon cœur fait une triple vrille dans ma poitrine. Je ne rêve pas! Cette voix... Mais oui, c'est la voix de grand-mère.

Je fonce dans l'autre pièce:

— Grand-mère! Grand-mère! Je suis là!

— Enfin! s'exclame Manon, te voilà! Tu as trouvé notre petit mot sur la table. Comme je te l'ai écrit, nous en avons eu assez de t'attendre. Nous avons décidé donc de venir au musée sans toi.

— Nous vous avons cherchés partout, ce matin. Veux-tu bien me dire où vous étiez passés? demande Claude. Et puis, qu'est-ce que c'est que cette tenue?

Antoine s'esclaffe:

— Je savais que tu étais un peu étourdi mais courir ici, en pyjama, faut le faire!

Manon pousse un grand soupir. Je sais d'avance ce qu'elle va dire.

— Franchement, Philippe, encore une fois, tu as raté une belle occasion de réfléchir avant d'agir.

Alors là! Alors là! Quelle réception! Et moi qui pensais qu'ils seraient fous de joie de me retrouver! Ma foi, on jurerait que je n'ai jamais quitté l'Île.

La visite du musée tire à sa fin.

— Après le parchemin, enchaîne notre guide, on passe au papier. Les Chinois sont les premiers à fabriquer du papier. Puis les Arabes découvrent leur secret et se mettent à le fabriquer en grande quantité. Ce papier est fait à partir de chiffons qui sont d'abord mouillés, broyés, avant d'être passés au tamis et mis en feuilles.

Alors, sous nos yeux étonnés, la dame entreprend de confectionner, de façon artisanale, une feuille de papier.

C'est sur cette démonstration que s'est terminée notre visite du musée. Notre petite bande a alors repris le chemin de la maison.

De retour au presbytère, je me suis empressé de monter à l'étage. J'ai dit que je voulais aller m'habiller. En fait, je n'avais qu'une idée en tête: retourner au grenier.

Kamikaze s'est allongé sur mon lit et a carrément refusé de m'accompagner là-haut. Encore un peu et il m'aurait mordu!

C'est donc seul et le cœur battant que j'ai soulevé la trappe du grenier.

Alors là! Alors là! Incroyable! Jamais je n'aurais cru cela! L'endroit était vide. Parfaitement vide! Pas la moindre toile d'araignée. Pas le plus petit objet. Rien. À croire qu'une équipe de femmes de ménage étaient passées par là.

Je me suis mis à la recherche d'un placard. Il y en avait bien un! Par contre, la porte était intacte. Était-ce une autre ruse de l'Agrippa? Méfiant, j'ai ouvert.

Le placard ne contenait que des pots de conserve. Vides, eux aussi.

Je devais me rendre à l'évidence. Gargamesh, Mérab, Tibérius Gracchus et maître d'Acre n'avaient jamais existé ailleurs que dans mes rêves. Je ne savais plus si je devais en rire ou en pleurer.

Notre séjour à l'Île s'est poursuivi sans anicroche. La veille de notre départ, je suis retourné au musée d'histoire du livre. Seul.

Tout au long de la visite guidée, j'ai ressenti une impression de déjà vu. Les tablettes sumériennes, les rouleaux de papyrus égyptien, tout cela me semblait étonnamment familier.

Nous sommes rentrés en ville en pleine canicule. Malgré la chaleur écrasante, Carmen Chaput s'agitait dans son jardin.

À peine arrivé, Kamikaze est parti faire le tour de son territoire. À un moment donné, je l'ai vu qui se glissait sous la clôture et se faufilait en terrain ennemi. Qu'est-ce qui lui prenait, tout à coup? Pourquoi s'éloignait-il ainsi du nid?

Je suis sorti sur le patio pour l'observer de plus près. Sans hésitation, Kami s'est dirigé vers la fontaine. Écrasant au passage quelques hémérocalles, il s'est penché au-dessus du bassin et s'est mis à boire.

C'est alors que j'ai vu notre charmante voisine s'approcher hypocritement de Kamikaze, un balai à la main. D'une seconde à l'autre, elle l'abattrait sur la tête de mon chat.

Au moment où j'allais lui crier une mise en garde, Kamikaze s'est retourné et a aperçu la mégère. À cet instant, j'ai bien cru entendre une voix lancer:

— ITTSS ITTSS.

À la vitesse de l'éclair, Kami s'est retrouvé sur une branche de notre vieux pommier!

Table des matières

Collection Papillon

Imprimé au Canada

Métrolitho
Sherbrooke (Québec)